김혜숙 첫 시집

詩, 내 안에 머물 때

 뜨락에

향긋한 추억을 그리며

무지無知에 비추어진 나는 세상을 서성거리고 있었습니다.
여명에 풀잎은 이슬 맺히듯 여기까지 달려온 세월 앞에
노을이 짙게 물든 내 삶에 꿈을 펼치기로 했습니다.
앵글에 비치는 피사체 그 속에서 자아를 찾았고
앞만 바라보며 눌렀던 셔터 소리가 장엄하게 들립니다.

철새를 찾아 어디든 따라다녔던 지난날 강물처럼 흘러가듯이
인생길 먼 여행을 떠다니며 어느 날 문학 스승을 만나
안갯 속에 굴러다니었던 돌덩이 하나씩 주워 담기 시작했습니다.
가슴안에 맺힌 벽을 허물며 저물어 가는 등불에 불을 밝히니
또 다른 세상이 오더이다.
그동안 묵묵히 응원해줬던 가족들에게 고마움을 전하고 싶습니다.

이제
내 마음에 보석을 품었으니 언어를 붉은 노을을 비춰가며
섬세한 가르침에 펜을 잡고 용기 있게 첫 시집에 꽃을 피워봅니다.

봄, 여름 사이 김혜숙 시인

차 례

차 례

차 례

차 례

1부

첫눈이 온다고요

모과차

모과 하나
땅에 떨어져 있네
연노랗게 잘 익은 모과
코끝으로 스며드는 향
가을을 눈으로 느끼며
가을을 가슴에 담아 놓았네

흰 눈 펑펑 내리던 날
그대와 모과차 한 잔으로
이야기꽃 피울 때
나는 행복한 노래 부르네.

희나리 장승처럼

빈 들녘 동그라미 그리며
떨어지는 빗방울이
도레미솔 장단 맞추니
빗물이 모여 은빛 물결이 되었네

모래틱 홀로이 외발로 선 새
꿈속 헤매며 깃털로 소식을 묻고
찬 서리에 못다 핀
희고도 붉은 고추
희나리 장승처럼 들녘에 서 있네

겨울비는 내리는데
음악과 詩가
울려 퍼지는 들녘은 아름다워라.

아랫목의 청국장

아랫목에 청국장 익어가는 내음
코끝으로 흘러들어온다

아버지 자리는 더 따뜻한
아랫목에 묻어둔 청국장
엄마는 잘 익었는지
냄새로 간을 맡는다

짚 불태워 밥 짓고
김치에 두부 넣고 끓인 청국장
입안에서 콩알이 씹히는 맛
그 향기가 그립다

오늘같이 겨울비 내리는 날
구수한 누룽지에 청국장
내 입안으로 스며든다.

황혼의 길목에서

어느 날 삶이 힘들다고
느껴질 때
이 순간 행복하다는 걸 알았습니다

마음이 외롭고 쓸쓸할 때
들에 핀 작은 꽃이 아름답다는 걸 알았습니다

나를 찾지 못해 가슴에 묻어 둘 때
절벽에 둥지 튼 산새들이 알려줍니다

둘이 아닌 혼자라도 황혼의 모닥불
가슴에 지피며 사랑할 수 있음을
바람에 이는 낙엽도 전해주네요

펼치지 못한 채 마음 한구석에 접어두었던 꿈
은빛 물결 고운 벗이 되어줍니다
행복과 사랑을 느낄 때
허공에 날개짓할 수 있는 그런 날을 기다려봅니다.

첫눈이 온다고요

첫눈이 내립니다
은행잎 떠나기 싫다며 몸부림칩니다
처마 밑에 피어난 나비바늘꽃
베고니아도 눈꽃처럼 예쁘고
노란은행잎은 꽃길 만들어 놓았네요

첫눈이 옵니다
앙상한 나뭇가지에 쌓인 눈송이
잊혀졌던 눈꽃 사랑
눈처럼 하얀 그리움
눈꽃 속에 묻어 지우렵니다

첫눈이 온다고요.

꽃 한 송이 선물

한 송이 꽃 받았습니다
곱게 싸여 포근히 담겨있는
진한 붉은 장미
내 품에 안겨 향기 뿜어 줍니다
내게 왔다는 것이 소중합니다

제 생명 다하고 뽐내며
긴 여운 남기는 장미
곱게 말려 더 간직하고 싶습니다
혼자라도 아름다운 자태
왜일까요

너를 오래오래 보고 싶은
너의 이름은 붉은 장미.

아름다운 황혼

흐르는 세월 아쉬워
출발한 사진 여행길
붉게 타는 여명 자연 그대로 황홀했네

눈 속에 피는 노란 복수초
그 화려함
야생화에 반해 버렸네

뭇 세월 흘러서
그 아름답던 단풍 잎새도
때가 되면 모든 것 잊고 가라며
오색 옷을 입혀주었나

여기까지 와 보니 사람의 마음
그 자체가 아름다운 빛이라네.

이끼 숲에서

숲속 물가 그늘진 곳
보아주는 이도 없는
너는 초록빛이어라
나무 돌 틈에 묻혀
뿌리내리는 너는 잡초보다
긴 생명을 가졌구나

돌멩이 구르는 소리
바람에 부딪히는 소릴 들으며
고추잠자리는 짝을 이루어
새 생명 잉태할 때
파랗게 숨을 고르는 이끼 풀.

엄마의 시집살이

툇마루 앞에 감나무 있었습니다
그 옆에 닭장도 있었지요
새벽에 울어대는
수탉 소리는 시집살이 시작이었지요

씨알이 굵고 단맛 나던 대접 감
늦가을은 마음도 넉넉했지요
막걸리 한 잔 주거니 받거니 하시던
시 어른 지금도 어제 일 같습니다

긴긴밤 길쌈하며
그 세월을 어찌 보냈는가요
감나무만 아픈 세월을 알고 있겠지요
반세기 지나온 지금 뜰 안에 감나무는
씨알도 작아지고 그냥 감 맛만 납디다.

눈꽃 속에 핀 꽃

눈 속을 헤치며
피어난 노란 꽃
대여섯 시간 지나면
구슬처럼 영롱한 복수초

바람도 닿지 않는 틈새에
꽃대만 쏘옥 올라 자랑질하는
너는 바람꽃

아지랑이 눈꽃 속에
흙속에서 움트고
봄은 문밖에 와 있었네.

그리움 하나

함박눈이 바람결에
춤추며 내려오네
내 가슴 한편
묻어둔 그리움 하나

잊혀지지 않는 사람
떠나보낼 수가 없어
묵은 사랑 때문에
목이 긴 사슴이 되었나

하얀 눈에 드리워진
긴 그림자
흐르는 눈물도 홀로 훔치네.

詩, 내 안에 머물 때

너, 내 심장에 불 지피며
연녹색 잎 붉은 꽃으로
너울너울 춤추며
아궁이 속으로 들어간다

너와 하나가 되었다가 헤어지고
또다시 헤어지면 무엇이 될까
우물 속의 맑은 글
하나둘 화음을 이룰 때면
나는 너를 두레박질하련다

네가 잠이 들면
무지갯빛으로 휘감아
빨주노초로 그림을 그리며
내 안에 너를 품어 사랑하련다
詩야 너는 내 품에서
포근하게 잠들면 좋겠다.

낡은 구두 한 짝

현관문을 열면
아무것도 없는 빈 공간
말이 없는 구두 한 짝만 반기네

아직은 신을만해서
미련을 두고 있지만
낡음은 세월의 흔적
언제 버려질까 몰라

오늘
내일도
잊혀질까 두려움에 떨고 있네.

해바라기

열매가 붉은빛으로
익어가는 여름 볕을
바라만 보는 해바라기
노란 꽃잎 황금색은
부富와 행운을 준단다

꽃술이
한올 두올 매듭 영글어서
고운 빛 내림의 여인
행운의 여신이여
인연의 끈
바라만 보다, 그만
고갤 떨군 해바라기.

추억의 사리역

아지랑이 춤추는 봄은
차창 너머로
덜커덩덜커덩
함지박 머리에 이고 가는 여인
기다리련다

첫사랑은
두 줄의 철길처럼
이별의 아픔을 안겨 준
낭만의 열차 수인선 협궤열차

삼십 년 전
작은 도랑 건너
쑥 범벅이 먹던 시절
차장과 아낙의 정겨운 모습은
사리역 지나칠 때면 잊히지 않는
추억의 긴 그림자
나의 시간 여행.

여명이 물들 때

첫닭이
요란스럽게 알람 알리듯
어둠의 빛은 찰나의 순간
그리 긴 시간도 아니었네

이 시간이 지나면
찬란한 태양은 먼동에서
힘찬 삶 끈으로 원동력 만들어주네
나는 두 팔을 벌리고
창문 너머로 스며든 빛을 반기네

그렇게
새롭게 변화된 일상
멋진 하루의 출발점이라네.

2부

강물처럼 흘러가듯이

연꽃 닮은 얼굴

연꽃은
빛에 따라 아름답고
바람에 스치는 꽃술은
솜털처럼 부드러워
벌들의 놀이터

꽃은 지고 열매 맺어
찬 서리가 내리면
연꽃은
엄마 얼굴 닮았네

나를 포근하게 안아주던
울 엄마
보고파 하늘 올려 본다네.

여름의 끝자락

도요새 갈매기는
짹짹 단음을 내고
밀물에 밀려 잠시 쉬어 가네

널브러진 대지엔
늙어가는 쑥대와 씀바귀
이름모를 노란색꽃

작은 생명은 수없이
들락거리는 펄
여름의 끝자락은 뜨겁다

돌아가는 시간 빠르게 흘러
물결치며 울어대는 새소리
저 소린 내 마음 웃음 같다.

강물처럼 흘러가듯이

돌고 돌아가는 강물
흘러간 곳 다시 오지 못하니
저 강물도 거슬러 다시 못가네
빠르지도 느리지도 않게 흐르네
물길 속은 몰라도
물길도 끝도 없네

백로 도요새는
무리를 지어 오고 가는데
강물처럼 흘러가면
만나는 곳 어디인 줄 모르네

물길 따라 올라오는 숭어떼
벽을 타고 올라가지만
그 끝은 어디로 가는지 모른다네
내 인생길도.

창밖의 그리움

창밖은 어두운데
아련히 그려지는 얼굴
그 형상
그대로 전해 주던 빛
잊혀진 이름이여
그대를
내 가슴 안에 묻어 두었네

아직도 아물지 못한 채
썩은 부분 도려내도
사랑의 잔재 잊지 못해
가끔 먼 산만 바라본다네

그대여
가슴 안에 숨겨둔 사랑
아직도 열병을 앓고 있다오.

떠나가는 낙엽

짙어가는 가을이 오니
코끝이 찡하게 느껴진다
붉은 나뭇잎이 떨어지면
노란단풍도 화살나무 붉은잎도
열변을 토해내며 빛을 발산한다

한 뿌리로 뭉쳐 살아온 지난 날
바람에 실려 어디론가 떠나가는 오색낙엽들
어떤 잎은 책갈피에 넣어 예쁘게 다시 태어났고
어떤 잎은 재가 되고 대지에 묻혀 자양분이 된다
흐르는 강물 따라 둥실둥실 가마 타고 시집가는
낙엽도 있다

지친 몸 다 태우고 가는 낙엽
바라보는 내 마음도 애달프다.

겨울이 오는 소리

가을 떠나는 길목 찬서리 나리고
낙엽 밟으니 사각거리는 리듬
된서리 맞은 파란잎들
겉옷을 갈아입고
긴 이별을 준비하고 있네

작은 곤충 낙엽 감아 집 짓고
그 속에 생명을 남긴 채 이별하네

앙상한 나뭇가지 바람에 흔들거리면
어릴 적 손바닥 매 맞던 생각 나네

가을이 떠나가면
겨울을 맞이하며
내 마음도 가을을 떠나보내네.

동화 속의 궁전

다육식물이 방긋 웃는다
코끝을 건드리는 커피향
가을볕이 품 안에 안겨 온다

동화 속의 궁전처럼 보이는
미로가 있는 작은 공원
느티나무 노란단풍나무
붉은 단풍잎새가 어울려
내일을 꿈꾸는 작은 공간

빈 의자의 주인이 된
느티나무, 아가단풍도
서로 곱다고 자랑을 하네

미래를 꿈을 꾸는 아이들
아낙들 안방 같은 보금자리
미소녀를 만들어 준 희경 미용실.

머나먼 여행길

붉은 옷 갈아입고
헤어져야 할 시간 다가오고 있네

같이 태어나 부딪치고 살아온 날들
미운정
고운정
듬뿍 정들었지만 우린 알고 있기에
더욱더 안타깝네

잔서리 맞으며 노란 주홍 붉은 옷
화려하게 차려입고 떠날 준비 하네

다시 만날 기약도 없지만
바람결에 나뒹구는
저 낙엽처럼 굴러 굴러서
홀로 떠나가는 머나먼 여행길.

흰 눈이 쌓이던 날

회색 연기 날리고
하얀 눈이
두 겹 세 겹 소복이 쌓이네

이렇게 눈이 날리는 날은
어디론가 떠나고 싶네
오리들은 눈밭에서 털갈이하는데
나 옷 한 벌 입고 먼 하늘만 바라보네

그 옛날 엄마와 함께
비닐포대로 미끄럼 타며 멋진 웃음 짓던
그 시절 그립고 그리워라

눈사람 만들어 모자 씌우고
콧수염 붙여 아빠 닮은 눈사람
하얀 눈이 세상을 덮어 놓으니
어릴 적 추억이 그리워지네.

수묵화가 된 계심사

들꽃 이불 속 게으름 피울 때
감나무 가지 끝에 남겨진 홍시
동박새가 연실 입질하네

처마 밑 연등도 하얀 눈 덮고
합장하며 무언으로 수행하네

차 한 잔의 여유
풍경소리가 청아한데 고즈넉한 산사는
한 폭의 수묵화 같아라.

그땐 힘들었지

한때는 그랬지
무엇이 힘들었는지
속절없이 보낸 시절
앞도 옆도 돌아볼 수 없을 때
험한 길 잃어 헤매며
오르고 올라가도 앞이 보이지 않았지

고달픈 삶은 깊은 늪일까
그러나 밤은 비단길이었지

오늘일까
내일일까 멈추고 싶지만
때가 되면 그 끝이 보인다는 것을
지금에서 알았네.

품바의 노래

주름진 얼굴선 그려서 감췄나
딸기코 붉은 수염
복숭아 볼에 새색시 만들고
누더기 색동옷 지그재그 구부러진 팔자춤
찌그러진 냄비 깡통 소리가
애달프다

삶의 눈물인가
인생의 노래인가
누더기 옷의 설움 인생
소리 내는 모양은 달라도
발걸음 박자는 아름다운 춤사위
애환으로 시작한 품바 노래
지금은 꽃피는 사랑노래 되었네.

그런 사람이 있네

소식 없어도 늘 곁에 있는 것 같은
나에게 그런 사람이 있네

목소릴 들을까 망설이다
불어오는 바람에 소식 전하네
난 그런 사람 있어 행복하네

폭풍 한설에 옷깃 덮어 줄
난 그런 사람 있어 춥지 않네

지팡이 벗삼아 걸어갈 수 있는
난 그런 사람 있어 두렵지 않네

여행길에도 동행할 수 있는
그런 정겨운 삶의 동반자
나는 그런 사람이 있어 행복하네.

신인문학상

똑똑
대문 두드리는 소리
빨간 상자에 담겨 온 책

달빛이랄까
모닥불이랄까
붉은 노을이랄까
수없이 쓰고 고치고
굴렸던 글씨 토막들

내 삶을 한눈에 담아 낸
심사위원의 심사평
내 인생 첫 시인의 길
가슴 벅차 펑펑 울었습니다

내 안의 비밀 끄집어내기까지
얼마나 힘들었던가?
만년에 이룬 꿈

아
행복해도 좋다고 소리쳐봅니다
내 나이 칠십이 되어서야 받은
가장 커다란 선물입니다.

詩가 되어가는 이유

시인이 묻습니다
내 안에 어떤 마음이 있느냐고요

시를 쓴다면
가슴에 돌덩이 꺼내어
부스고 싶다고 말했습니다
시인은 말합니다
저 바닥의 감정까지 끌어내야만 한다고요

눈, 마음, 귀가 뚫려서
노을진 강가에서 흘려보내는 욕망도
모래알처럼 쌓아서 흔적 없는 모래성이라도
쌓고 또 쌓고 싶은 마음이어야만 한다고요

시인은 말합니다
글을 버리고 또 버려도
시심詩心은 남아 있을 거라고 합니다
시인은 가르쳐 줍니다
사물을 잘 묘사 해야만
마음에 드는 시는 울린다고요

시인은 말합니다
시가 어떤 맛이 날까요
한사람이라도 진솔하게 눈물 적시면
그게 바로 시가 되는 시의 맛이라고
토닥이며
사람의 감정은 모두 다 다르다네요.

그 강가에 서서

그 강가에 홀로 서 있네
강물도 홀로 흘러가는구나
가을 들국화도
앙상한 갈대 바람만 스치는데
잡초는 새들의 먹이 내어주네

청옥보다 고운 물결
애달픈 은빛 노을
강폭은 좁은데
왜 넓어 보일까
백로도 삼삼오오 벗 되고
수인선 타고 오가는 사람들아
사리포구 비릿비릿한 내음

온몸에 스며드는
갯벌 비린내 고향 향기를
사람들아 아는가.

두물머리 여명

북한강과 남한강이
만나 한강을 이루는
두물머리

저 멀리 희미한 불빛은
물안개 천국이네
춤을 추며 사라지는 안개 숲

붉은빛
강물을 덮어주면 실안개 만들고
여명에 드리운 비단 안개
어미의 품속으로 되돌아가네

사라져 가는 은빛 안개
강물아, 너는.

반짇고리

반짇고리
사각 목에 담겨진 실고리
작고 큰 바늘
아름다운 실 꽃이어라

아름다운 열두 빛
거문고와 무슨 인연일까

길게 때론 느리게 바람에 실려 가네

열두 색 아름다운 빛
가슴에 사랑 담으리.

황혼에 그림자 머문 곳

굽이굽이 돌아온 길
뒤돌아보니 먼 길이어라
꿈길 따라가는 길 행복이 버겁네

아플까 걱정해도
어려우니 오면 벗하고
가슴 열어 황혼을 태우니
미련 없이 스쳐 가는 결 따라
황혼의 그림자 머무는 곳

가는 길 아름답게
사랑의 이름표 달면
느리고 힘이 버거워도
비우는 마음으로 가야지.

잠을 못 이루는 밤

가로 등도 잠 못 이루고
홀로 잠 못 드는 밤
초승달 유난히 밝아
밤하늘에 아름다운 어느 별
바람은 창문 밖 서성이며
그리운 님 소식 가져오려나

달빛도 잠 못 이룰 때
희미한 사랑 안아주네

유난히 밝은 별
내 영혼 산산조각 되어
이내 긴긴밤 애태우는
이 밤
그대는 아시는가.

3부

그품에 안기는 그날까지

아직도 들꽃은 피어

들녘은 텅 비었고
흰 둥치만 덩그러니
빈 그림자처럼 서 있다

홀로 피어 있는 구절초
아직도 찬이슬 맞으며
바람과 무언의 이야기를 한다

묻혀가는 세월
긴 여운을 남긴 채
들꽃은 단아하게 피어 있다

한 줌의 흙에서
생명을 유지하며
홀로 살아간다는 사실
저 들꽃을 보며 난 알았네.

김장 김치

장독대 지붕 위에 흰 눈이 내립니다
새벽녘 초승달은 친구가 되어
나의 그림자 되어주네요

수육에 막걸리 한 사발
김장 날의 최고의 만찬
김칫속을 만들어 놓으니
김치 통은 행복 통이 되네요

잘 절인 배추
무, 갓, 파, 새우젓, 생강, 마늘까지
빨간 옷 입혀 놓으니
돌아온 빨간 새색시 닮았구나

사랑하는 사람과 첫 입맞춤에
향긋한 추억에 미소를 지어보네
김치냉장고 안으로 시집가는
김장 배추.

사진작가

새들이 목욕하는
옹달샘은 새들의 놀이터
동박새, 울새, 굴뚝새
날렵한 상모솔새
꽃단장을 마치고
내 곁에 날아와 춤을 추네

솔잣새는 멋쟁이
홍양진이 보고 싶은 새
앵글 속에 너는
황홀함에 지친 내 마음 녹여주노라

새들을 만나면
밝은 미소로 먹이 주고
새를 기다리는 마음
그 기다림은 설레고
나는 새를 쫓는 사진작가.

할아버지와 소

어미 품을 떠나는
송아지에 손짓해 보냅니다
어미 소는
커다란 눈망울에 눈물이
철철 흘리며 울어 댑니다

소머리 얼굴 등짝을
만져 주고 쓰다듬고

미안타
미안타
할아버지의 손길은 파르르

자식 보낸 큰 방울눈
자식 찾는 큰 울음소리
땅도 울림으로 전해 주고
그 울음소리는
심장을 뚫어 놓은 메아리였다

어미가 새끼 찾는 소리는
통곡의 소리 하늘도 뚫었다.

아직도 떠나지 못한 단풍

창문 너머로 들어온 저녁노을
연둣빛 노란색 단풍
바람이 살짝 건드려도
나뭇가지 끝에 매달려 흔들거리는
갈색으로 말라버린 단풍 잎새

저녁노을에 물든 잎새마다
세월의 흔적 남기고
비바람에 몸을 태우는
너는
차라리
겨울을 기다리고 있구나.

난 지금이 좋아

지나온 길 돌아보니
온실의 꽃 아니라 들꽃이었네

품앗이하시던 엄마
별을 보며 걸었던 여섯 해
바위틈에 핀 들꽃처럼
짝지어 보내고도
근심 걱정 벗어버리려
들과 새들의 벗으로 산다네

이 나이에 어딘 줄 못가랴
올해는 꿈 하나 이루었지
글쟁이가 되었네

시간을 더 길게 쓸까
가끔 헤매이지만
난 지금이 더 좋아.

연밥의 미소

개개비도 네 사랑 잊지 못해
종일 울었네

하회 같은 네 모습
웃음도 반달이어라

홀로 서 있던 연대
떠나보낸 씨앗
무엇을 꿈꾸고 있을까

주름진 얼굴
듬성듬성 가버린 세월
웃는 미소 해맑아라.

하루를 길게 쓰다

새벽 여행길을 떠나면
시간이 모자라서
이리저리 쪼개 쓰고
그래도 아쉬움 남아
늦은 귀가에 길었던 하루

하루를 보내면서
이틀을 산 기분이라

긴 시간 쓰기 위해
멈춘 그 자리
운전대를 잡고 가던 길
웅크린 채
난 무박 여행을 좋아한다.

그 품에 안기는 그날까지

언제부터인가 감명 받은
글귀 하나 가슴에 묻고 살았지
내 안에 놓고 몸부림을 얼마나 했던가

사랑으로 감싸고 어루만져도
넌 쉽게 내게 오지 않았어
너를 수백 번 가슴에
안아보았고 보듬어 보아도
스치는 바람에 눈시울 적셔가며
너를 품으며 행복도 했지

아직 제대로 서지도 못한
넘어져 다치면 일어서고
또 힘이 없지만
황혼에 얻은 정다운 벗
팔베개 삼고 싶은 내 친구

네가 내 심장에 들와 잠들면
따스함이 전해오는 온돌방 온기
그 품에 안겨 잠드는 그 날까지
나는 詩를 쓰련다.

황혼길 강물이 흘러가듯

억새가 노을에 서성이고
바람이 흔드는 대로 흔들흔들
갈대밭 그 추억
강물도 은빛되어 깊어가네

가냘픈 옷 춥지도 않은지
코스모스는 바람결 사랑 이야기
바람이 싸하니 옷깃을 여미고
먼 곳에 살고있는 딸은 잘 지내는지
마음속 안부 전해 준다네

가을 들꽃 황혼에
마음은 춤을 추지만
노을처럼 늘어가는 주름살
저 강물처럼 끝모르게 흘러가네.

강물은 만추되어

강가에 갈대숲 새들
오색 옷 곱게 입고 가을이 왔네

갈대는 은빛 물결
하얗게 수 놓은 화옹호
가마우지는 자맥질 먹이 올리고

궁평항으로 이어지는 뱃길
어부들은 어디로 갔는지
통통배 물결에 흔들리고
숭어 떼는 은빛 하늘을 나네

소리 없이 흐르는 물결
긴 그림자 만들어
화옹호 저녁노을은 아름다워라.

앙상한 가지마다

청춘은 사그라지고
그 시절 그리움도
횅하니 빈 가슴 되었네

하나둘
흰머리 휘날리며
끈이라도 붙잡고 몸부림치지만
사랑하던 보물들
짝 찾아 떠난 후
홀로 남겨진 빈 가슴

거실 한 모퉁이에
앙상한 나뭇가지처럼
틱틱한 검버섯만
훈장처럼 찍혀 있네.

낙엽의 춤사위

가을장마는 화려한 춤꾼
아스팔트 위로 무대가 펼쳐졌네
회오리바람은
오색불기둥 만들고
비에 젖은 낙엽
불꽃같이 휘날리며
나와 하나 되어 굴러가네

각본 없는 감독
무명의 춤꾼 오색빛 불태우면
화려한 무대 순간의 환상이네

그 모습 혼신을 빼앗긴 낙엽
순간에 정열도 날아갔지만
불기둥처럼 사그라지는 청춘이어라.

김장 엽서 한장

안개에 노란은행잎
곱게 물들어 참 곱습니다
들꽃 무 배추 호박꽃
된서리도 무섭지도 않나봅니다

언덕에 집을 지었을 뿐인데
긴 세월 보이지 않던 들녘
한눈에 아름답습니다

가끔은 녹록하지 않아도
힘이 들 때마다 자연이 알려주고
시어머니 손길 따라 하던 김장
올해는 내 손맛에 맞추어
시누네
동서네
언덕 위에 세운 집
김장 엽서 자동차에 실려 보냅니다.

쓴 편지

낙엽은 오색 무지개로
곱게 차려입고 인사를 한다

바람에 휘둘려 여기까지 왔는데
서풍은 놓지 않고 어디론가 가란다

불태우는 세월의 흔적
눈도장 찍으며 탑 쌓듯이 쌓아가지만
청춘의 멋도 잊은 지 오래
빨간 우체통만 여운만 남는다

내게 오는 무지개 단풍아
허공에 쓴 사연 꺼내기도 전에
떠나가는 네가 야속하기만 하구나.

그때 난 힘이 들었네

눈, 귀, 마음속 깊이 열리지 않고
그냥 무너지는 느낌입니다
이 나이에 무얼 어찌한다고
비난의 소리도 들어봅니다

가슴 속 깊은 곳에
꿈틀거리는 그 무엇인가를
꺼내지 못해
두근거리며 혼자서 힘들어합니다

힘든 만큼 아픔도 있어
시간 지나면 더 못 할 것 같아
다시 펜을 잡고 끄적여봅니다

시어가 그냥 되돌리기 하네요
아직 열지 못하는 시어詩語
남 탓이 아닌 내 탓이지요
나를 자책하면서
조심조심 다시 나아가봅니다

그땐 나도 힘이 들었을 때.

황혼은 은빛처럼

찬 바람 뺨을 스치고 지나갑니다
그냥 가는 것이 아니라
황혼의 은빛처럼 흘러갑니다

들녘에 서 있는 들꽃
바람이 흔들어 줍니다

곱던 단풍도 때가 되면
하나둘 여운 남기고
기억 속 저편으로 떠나가는데
내 볼을 비비고 간 바람
다시 오지 않겠지만 살갑기만 합니다

들꽃이 핀
낙엽 둥지도.

어느 산골 하룻밤

비단처럼 은은하게
커튼 사이로 빛은 들어오네
별빛 받아 마음 받아
아름다움이 쌍벽을 이루었네

달빛에 노는 작은 풀벌래
풀잎 감아 이슬 피해 잠 청하고
들꽃은 바람, 벗이라 잠 못이루나

산골의 하룻밤
웅장한 산은
뜨거운 용광로가 돼 있네

달빛은 숲속 벗이 되어
은은히 밝혀주고
바람결 운해雲海가 날리니
나그네 즐겁기만 하네.

눈 속에 묻어둔 추억

주소도 없는 어두운 들판
갈대만 흔들리며
엄동설한 폭설로 두어 시간 헤맨다

들판은 은색으로 변했고
온돌방 그 온기에
꿈꾸는 하룻밤은 달콤했지

정을 나눌 때 처마 끝 고드름 맺고
컵라면 커피믹스는 하루살이 손색없네
흰 눈은 몇 겹을 쌓아야 하얀 세상이 될까
눈 속에 묻어둔 추억들
꺼내어 보니 아득해 보이네

설경 속에 춤추는 검독수리
먹이 찾아 눈빛은 이글거리네
날개짓 저 눈동자 카리스마를
어찌 너를 잊을 수 있겠는가.

눈빛이 시린 겨울날

그리워 무작정 길을 나섰다
네가 보고 싶을 때
목놓아 울 때도 참 많았지
햐얀 눈이 녹아 눈물 되어
대지에 꽃피울 때 넌 이역만리에 있었어

청옥 빛 젖은 마음 포근히 감싸주며
오늘도
자욱한 안개처럼 다가오는데

암 선고받던 날
눈가에 맺은 이슬 눈물이 강물 되었고
너를 보낸 지 십 년이 넘어
스무 해가 되어가도 눈감으면 잊을까

어미 혼자 우는 이 밤
새들도 어미 마음 같을런가.

아직 봄은 멀리 있지만

봄은 멀리 있는 것 같지만
한발 성큼 내밀어 보니
그 봄은 오고 있네

얼음장 밑으로 흐르는 냇물
새우 수염 흔들며 춤추네
기러기가 밟아 놓은 논두렁
방긋 냉이꽃 피어나고

꽃다지 고사리손 하나둘 피네
봄은 성큼 오는 것 같아라
빈 들녘은 서서 준비하고 있네

흰 눈 쌓인 빈 들녘은 기러기 놀이터.

인연

인연이 된다는 것은
모래밭에서 찾아낸 금빛

포근히 찾아오는 인연
슬픔으로 흘러간 사람들
야목 들녘은 대답도 없고
옹골진 만남은 칠십에야 만났네

퍼내고 퍼내도 돌고 돌아
만나면 만날수록 함박꽃 피네

걸친 옷
하나둘 벗어보니
꿈같았던 별과 달
은은한 빛이 되어
이게 꿈인가 생시인가
그대 인연으로 되어오네.

4부

쑥부쟁이처럼

혼자 받은 밥상

숨소리조차 들리지 않는다
적막이 흐르는 공간
혼자 받은 밥상
입안에 아삭거리는
농익은 김장 김치
깻잎 먹듯 한입 싸서
진수성찬보다 더 좋네

으흠
이 맛이야 혼자 부르는 노래
밥 한 공기 순간 사라지고
흰 눈 내릴 때 감칠맛
김장김치가 최고의 별미

혼자서 마시는 커피
흥이 나고 행복하여라.

시곗바늘처럼

뚝 감았다 떴는데
사진 한 장처럼
한 해의 마지막 날이다

고마웠던 사람
아름다웠던 인연
나를 두들겨간 시간
좋았던 일만 기억 하련다

힘들었던 일은 가슴에 묻고
돌아가는 시간
남겨 두어도 나를 모른 채한다

흘러가는 시곗바늘
밉고 미워도 똑딱거리며
어깨를 툭툭치고 떠나간다

내 힘으론 잡으려 해도
떠나가는 사람아
가슴에 묻어둔 사랑
詩를 만났으니
기쁨에 눈물 흘리려 한다.

타향살이야

긴긴밤 어디선가
우는 여인아 그 소리 애달프다
두고 온 님 그리워
타향살이 쏟아내는 절규
사슴같은 눈방울 뼛속까지 파고든다

가로등도 아픈 사연 알고 있는 듯
여인이여
여인이여
그리 슬피 울지마소

고달픔에 젖은 이국 생활
이 밤도 서러워
빈 독을 눈물로 채우련가
두견이 울 듯 밤새우는가

두고 온 님
그리워 우는 네 모습
나도 두견이 되어 운다오.

둘이 걸어가는 길

마음속 그림자 어디로 갔을까
꽃길 걸어
자식 곱게 길러 보내고
발소리도 없이 넘나들 때
도토리묵처럼 굳어진 사이
자물쇠 잠그던 날
눈감은 모습이 측은지심이어라

미운정은 접어 두고
고운정이 움터 오를 때
검은 머릿결은 어느새 흰 눈이 날리네

투닥투닥 정들어가며
병들면 어이할꼬 등 두드리며 잔정주었네
혼자가 아닌 둘이 가는 길
남은 여정 서로에게 길잡이 하세나.

쑥부쟁이처럼

쑥대 강아지풀 깡말라
뼈대만 갈바람에 흔들
찬서리에 흰옷 갈아입고
길가에 쭈뼛하게 서 있네

논두렁은 고라니 보금자리
너른 들녘 놀이터가 되고
철새들 떠난 자리
얼음장 밑에서 움트는 봄

열정이 꿈꾸던 때
빈자리 티도 없더니
거울에 비친 내 모습
들녘에 피어 있는 쑥부쟁이
벗이 되어 날 반겨주네.

아련한 그 시절

자세히 보아야 알 수 있는
예뻤던 앳된 모습
볼은 군살 붙고 눈은 일자로
그 시절 그리워지네

고운 흔적 세월에 쓸려갔나
가로세로 짧은 도로가 생겼네

세월을 탓하랴
변덕스러운 마음뿐이고
보이는 것 주름살 뿐

감추진 내 뒷모습
아련한 그 시절 그리며
이제는 내려놓는 연습을 하네.

복사꽃 필 무렵

흰 종이 위에 검은 글씨
생각은 똑같은데
글자는 까막눈이네

바로 봐도 글씨
거꾸로 보아도 글씨인데
아들 유학 보내고
딸은 못 가르치고
갈증으로 보낸 세월

복사꽃 필 무렵 아들 곁에서
화전과 막걸리 한잔 따르며
눈물만 뚝뚝
아버지와 도란도란 이야기하네

아부지 왜 운문 안 가리쳐줬슈.

이 순간 취하고 싶다

족발 사갈까?

가는 술 한 잔
오는 술 두 잔
섣달 그믐날은
석 잔 술
이 못된 녀석아

가랑비 울던 날
오십 년 미운정 묻어두고
난 지금 무슨
말이 필요하던가
난 없다네

그저 이 순간 취하고 싶을 뿐.

나비처럼 춤추며

따뜻함은 추운 겨울을 견디며
새싹을 틔울 때까지
아름다운 꽃들이 방긋 웃는
나에게 손짓한다는 걸 알았습니다

벚꽃은 눈꽃 되어
은빛 흩날리는 꽃비처럼
슬픔을 주고 떠난다는 걸 알았습니다

실비는 장미꽃 술에 스며들며
눈물방울로 맺혀
내 꿈의 한 자락이란 것 알았습니다

잎새가 푸르던 시절
화단에 버팀목 된 사랑꾼
꽃길에 오색 무지개가
열려 있다는 걸 알았습니다

석양길을 걸어가는 내 모습
꿈틀대는 소금 맛은 금빛 되어
잰 발걸음 지그재그 나비처럼
춤을 춘다는 것을 알았습니다

이 나이가 되어보니.

시집 한 권

스승님의 시집을 펼쳐본다
무작정 열어 본다
가슴 깊이 새겨 넣어 본다

심장이 뛰는 제목들
애태우는 시어는 불꽃처럼 달려든다

당신이 춤춘 손끝은
내게 꿈으로 쌓인다
묻어두었던 세월 속에
담담하게 그려낸 사랑 이야기
난 끝없이 좋아하련다.

노루귀꽃

잔설은 떠나고
아지랑이 언덕에 필 때면
연분홍 청노루귀 치마폭 날린다
네가 예뻐서
바람도 먼지도 날리고 간다

내 마음도 그 향기에 취해
봄바람에 흔들거리고
노란 꽃술과 꽃잎에
벌들은 춤추며 노래한다

솜털도 못 벗고
꽃술도 감추고
예쁜 꽃으로 얼굴 내밀어
노루귀 닮아 노루귀꽃.

별빛이 스며든 창가

외딴집 밤하늘 유난히 아름답네
초승달 너머 빛나는 별
산과 들녘은 하얗게 눈 덮인 산하
찬바람은 웅얼거리는 소리 뿐
저 멀리 가로등 불빛도 사색에 잠긴듯하네

외딴집 어둔 밤은
바람 소리마저 잠들어 버리니
홀로 지샌 이 밤
달 별 가로등만 춤추고 노래하네

내 마음 외롭게 잠을 청하니
별빛이 스며든 창가 엄마의 품속 같아라.

바람에 핀 눈꽃

함박눈이
앞을 분간 할 수 없이 내리네
갈대도 소나무도
함박눈이 덮은 회색빛 세상이네

새들 먹이 찾아 헤매고
난 검독수리에 사로잡혔네
검독수리 사뿐사뿐 날아와
맹금답게 내 심장을 헤치네

바람이 불어
벌판을 눈보라가 휩쓸고 가면
앞산 산허리에
바람꽃 함박눈은
아름다운 흰 꽃이 세상을 만들었네

자연이 그려낸 그림
눈꽃 아니라 바람꽃이네.

고니의 날개짓

얼마나 먼 길 날아왔을까
순백색인 백합처럼 아름답다
수풀 사이 입질하며 먹이 찾고
연실 안부 묻는지
콧노래는 멈추지 않는구나

긴 모가지 품속에 품어
은빛 물결 위에 하얀 풍선 만드네
삼삼오오 무리 지어
물 차고 오르면
날개짓은 흰 구름 되어 가네

아름다운 비행
행복한 날개짓이어라
내 마음에 날개 달아
창공을 나는 꿈이라도 좋겠네.

사진 한 장의 추억

스물여섯 눈동자 모두가 웃으며
함박꽃이 피었다
보기만 하여도 서로 반갑다며
행복한 웃음 짓는 가족사진

한번 보고 열 번 봐도
내 품에 안겨 행복해하는 아이들
꿈 찾아 뛰어가는 아이
높이 그리고 멀리 뛰어가길 바라며
저마다 버팀목이 되었으면 좋겠다

내가 알지도 못해도
불쑥 내밀면 벌써 집안은
난장판이 되었지만
사랑스러운 내 손주들
며느리는 깊은 정주고
딸은 애잔한 정주니
우리 가족은 너그러운 웃음바다 .

봄이 오는 길목

돌 틈을 비껴가는 강물
흐르는 소리 몸 감추며 간다

돌 틈을 쪼아 대며
실룩 실룩거리는 도요새
추운 겨울나기 어려워라

정처없이 가야 할 잡초
오돌오돌 떨며 새싹 잉태하고
물기 흠뻑 채운 복숭아 붉은 가지마다
실눈 뜬 봉오리마다 미소 짓고 있네

묵은 갈대 누워있는 듯
작은 새들의 보금자리
도랑물 흐르는 길목은
자세히 보아야 길이 보이네.

창가에 서서

창문을 여니 불빛 아래
흰 눈이 붉은빛 은빛으로 날린다

하늘이 준 선물
잊었던 그리움에 젖어보고
짧았던 첫사랑 그리 듯
두 그림자
내 마음 풍선 타고 온다

손 내밀면 닿을까
발 디디면 닿을까
가슴 깊이 묻어둔 사람
깨어지는 꽃병이 되었다

가슴에 접어둔 사연
반복되는 여정은 진행 중
그래 내일 안부를 물어볼까.

세월은 말없이 가네

저 만큼 가버린 세월
뒤돌아보니
머나먼 기억 속으로 사라졌네

문득문득 떠오르는 그림자
보고 싶다
그러나 허공이요 그리움만 전하네

안고 싶고
붙들고 싶어 몸부림 쳤지만
순간 비켜 간 수많은 인연
다 헛된 일인 줄 난 몰랐네

이 한 몸 쉴 곳은 어딘지
두렵고 힘은 들겠지만
세월이 내 곁을 비켜 간다 해도
오늘도 나는 자유롭게 살려하네.

동박새

흰색테 안경 쓴 갈색 눈동자
녹색옷은 멋쟁이 새
붉은동백꽃 노오란
꽃술에 얼굴 묻었고
꽃 속에 너는 참 예뻤지
네가 잘 보이지 않던 날
초록숲에 살짝 숨었지

첫눈이 내릴때쯤
잘 익은 홍시 만나면
겨울 여왕이 되어 빛나네

흰 눈이 내리던 날
홍시를 보는 순간
앙칼진 사냥꾼으로 변해
붉은 입술로
행복에 빠져든 갈색 눈동자

짝 찾아 사랑 찾아
헤매는 네 모습을
사랑할 수밖에 없다네.

그대 홀로 우는가

강물은 어디서 흘러오는지
시작은 알 수 없지만
서해로 흘러 흘러서 간다

한때는 형님 아우
이제는 서로 길이 달라졌네
욕심 때문일까
알 수 없이 멀어진 틈
보기도 안타깝고
다가가기도 멀쑥하네
한때는 이 강가에서 같이 즐겼는데
이제는 이 강가에서 모르는 척하네

들녘 바람은 속삭이며
그 얄팍한 자존심 버리세
강물은 화살처럼
지나간 것들은 다시 오지 않음을
그대 왜 강가에 홀로 서 있는가
어서 오시게
친구여.

5부

바람 같은 인생

안개처럼 사라지는 그리움

먹구름 흘러 오는
저 하늘 끝
그리움도 같이 오네

장밋빛 행복은
나비처럼 날아가고
아련한 눈물꽃 피어오르는데
내 품에 안겨 있던 꿈
눈뜨면 안개처럼 사라지는 그림자

빈 가슴에 채워도
머무르지 않는
그대여
그리움은 바람 향기 같아라.

내 마음도 흘러가고

서해로 흘러가는 쪽빛 물결
내 마음도 흘러가고 싶어라

하늘도 쪽빛 내어주니
폭 좁은 여울 따라 색도 변해가네

강물도 능선 따라
꼬부랑길 되어 가네
못 담 밑 송사리들 사랑방
새들은 틈새 노리는데
모래턱에 졸고 있는 백로
두 쌍이 되어 청옥 빛 흐르네

딸 시집보내던 날
청옥 빛이었지
하얀 드레스 고운 은빛
잔잔하고 향기 날리던 수국화
그 모습이 어여뻐라
지금
저 빛과 회상의 나래 펼치네.

아지랑이 핀 들녘

갈대 품에 핀 아지랑이
새들의 나래 위에 피고
솔잎 검푸른 빛은
유리창에 핀 꽃 황금이어라

밭고랑 사이에 노란꽃물이
물결도 일렁이는 쪽빛
은빛은 너울너울 춤을 추네

들녘은 서릿바람 불어
아지랑이 천국을 이루었고
음력은 섣달인데
빛은 봄이요
강물의 여울은 덧없이 흘러가네.

일곱 송이 꽃

누구나 주어진 생일날
며느리가 한상 차려 주었다
힘들었겠고 부담되었겠지
사랑스럽기만 하다

첫째
둘째
셋째
손녀딸 손편지 받고
멀리 있는 손자 손녀는 전화로
예쁜 마음씨 가진 녀석들
마냥 행복하여라

흘러가는 분침도 머물러 꽃이 핀다
나팔꽃일까
분꽃일까

내 가슴에 안겨 온
일곱송이꽃
송이마다 모두 천사 같아라.

화려한 꿈

창문 넘어 뿌려진
빗방울 방울방울
은하수가 속삭이네

흰 눈은 나비처럼 화려하게 춤추고
보이는 곳 끝이 없어라
눈꽃 덮힌 세상
잠시 화려한 꿈 머물면
나는 대지 품속으로 안기네

열정일까
청승일까
가슴에서 꺼내고 싶은
무거운 돌덩이
지렛대로 건드리니 살며시 움직이네

돌아가는 바늘 거꾸로 간다 해도
미련과 후회는 버리련다

또르르 흐르는 물방울 속에
그리움 묻고
행복도 묻고.

고목이 꽃피울 때

민들레 산수화 복사꽃
고추바람은 춘삼월 꽃피고
붉은 장미 양귀비 능소화
오뉴월 열정으로 꽃피우네

고추바람 한낮 열기에 열리고
해바라기 들국화 코스모스
찬바람 등 떠밀려 시월에 피네

붉은 노을
석양이 곱게 물들면
불꽃 인생도
그 꽃을 사르기 위해
느지막이 꽃을 피운다네.

나무 그늘에서

기억조차 나지 않는 추억
그대의 또렷한 목소리
눈과 마음으로 훔쳐만 보았네

초라해진 내 모습은 어디로 갔을까

지난 고운 상념들
그대라는 나무 심어놓고
가지마다 열매 맺어
훗날 글나무 그늘에서
그윽한 음성 다시 듣고 싶네.

잿빛 기왓장 너머로

잿빛 기왓장 너머로
피어오르는 붉은꽃은
남쪽 소식 언제 들려주나

붉은 홍매화
자장 매화라고도 하네
붉은색 문틈 사이
창문 울림은
고목에 핀 아름다움같아라

벌 나비 떠날 줄 모르는데
봄맞이꽃은
일찍 피어나 내 곁으로 오네

찬 서리 이겨낸 아름다운꽃
버선발 벗고
애틋함을 담고 싶은
통도사 홍매화여.

독백

재 넘어 온 길 힘들어라
그늘막은 잠시 쉬어 가라네
흰 구름 조가비 되어
새털구름 날개짓에 추억 잠기네

텁텁한 막걸리 한잔
자네 한 잔 나 한잔
세월을 탓하며 목이나 축이세

괭이로 개간했던 산비탈
자네와 나누었던
이 자리 그대로인데
불러도 대답 없는
그대 그림자만 스치네.

바람 같은 인생

강가에 서서
바람처럼 인생은 덧없이 흘러간다
물줄기는 빠르고 때론
느리게 굽어 갈 줄도 알라 하네

저 멀리 들려오는 하모니카 소리
수양버들 그네를 타고
비바람에 춤을 추네
저 강물은 내 맘 알까

혼자만의 독백
쇠백로 날개짓하면
서걱거리는 갈대는 말이 없네
허리춤에 담아 논 인생 보따리

흐르는 강물아
붉은 노을아
내 고달픈 인생길
저 산은 쉬어 가라 하네.

울 엄니

엄니 그곳은 아픔도 없지요
배고픔도 없을 테고요
보리죽에 물배 채우며
돌아서서 눈물짓던 울 어무이

코로나 때문에 곱디고운
꽃단장도 못하시고
불꽃 나라로 가시던 날
눈물샘 강물이 되었네

들꽃은 붉은 열정으로
거침없이 사셨던
그 무딘 세월을
달려야만 했던 울엄니

엄니는 보리꽃
울 엄니는 살구꽃이라네.

그리움에 물들다

마음 한 켠에
떠나보내지 못한 사람이 있습니다
시린 가슴속을 녹여주던 사람
꽃처럼 고운 그리움은
초승달 그림자 되어 서성거립니다

실바람도 두 어깨에 실려 오는 기다림
가끔은 백지가 됩니다
그대 아지랑이 곱게 피면
노을도 따라오시겠지요

그리워 빛바랜 흔적
바람도 안아주는 허수아비처럼
빈 가슴은
그리움에 물들고 있습니다.

박주가리

바람결에도 흔들림 없이
살아가는 박주가리
홀로선 나무 등에 휘어 감고
이어온 삶이여

순백의 비단옷 두르고
점 하나에 사랑
억센 바람에 훌훌 떠나는
박주가리

바람에 날리는 너의 세상은
은빛 세상이 되었구나.

혼자 걷는 길

흔적도 없는 길
그림자만 반기는 고즈넉한 숲속
누가 쌓아 놓았을까
삐뚤삐뚤한 돌탑

하나 둘 놓기를
얼마나 혼신을 다했을까
님 그리워 놓았을까
자식을 위해 놓았을까

난 이 숲속을 헤맬까
발굽에 채는 돌부리에
내 마음도 내려놓고서
그리움은 타고 남은 숯덩이가 되었네

황혼에 혼자 부르는
내 이름 두 글자.

노을이 물든 길

아카시아꽃 필 무렵
그림자처럼 다가 온 사람
그 길은 사랑 길이었네

주름살이 늘어간 세월
발길마다 오색을 그리면
가슴에 담았던 추억
하나둘 사라져 갈 때
내 가슴에 간직한 버팀목이네

노을이 물든 길
아득하게 멀어져갔고
묵은 그림자처럼
꿈속에서 일렁거리고 있네.

가슴에 붉은 장미

나뭇가지 끝자락에
봄 햇살 곱게 내려앉았다
아득히 떠오르는 사람
고백하지 못한 그리움 하나
지난 기억은 남아 있지 않은데
가슴 속 추억 하나 지울 수 없다

아카시아 꽃향기 흩날리는 오월
붉은 장미꽃 지던 날
잊혀진 분홍빛 그림자가 있다
내 품에 남은 심지
언제 내려놓을까
홀로이 그리움만 남기고 떠나보낸다.

달빛은 슬픔 안고

어두움을 안고 강물 위에
떠 있는 물오리
물결은 은빛 나뭇가지에
그리움만 쌓여 있네

풀벌레 소리는 발걸음을
따라오는 듯
옛사랑의 애달픈 소리 같구나

별 하나에 묻은 사연
저 흐르는 강물은 알까
구름에 가려 보이지 않는
이름 모를 들꽃도
달빛이 흐르면 사랑이 오겠지

내 마음 흔들림 속에
붉은빛도 가슴앓이하는가.

서리꽃

뒤돌아보니
그림자가 떠나간 자리란다
그곳에 꿈을 실어 보았고
바람결에 꽃다운 시절도 있었네

욕심이란
밧줄을 잡고
해시계처럼 돌고 돌아보니
영산홍 필 때
함박웃음 짓던 날
봉숭아 꽃잎에
붉게 물들어진 황혼길이어라

서릿발에
피어난 허연 서리꽃
남은 인생 아름답게 피우리.

바람의 흔적

들꽃은 손짓하며 들바람
흔들흔들 귓전에 전해 주네
묻어 둔 마음 봄비는
강물 따라 여행을 떠난다

연녹색 잎새는 아지랑이와
사랑 나누며
대지에 불을 지피네

초승달에 갇힌 은빛 은하수
서쪽으로 기우러져도
내 마음에 달려오는 샛별은
오색 풍선 타고 오네.

들꽃 인생

칼날 추위에 쩍쩍 갈라진
손등은 아픔에 아려왔다
그 시절 꿈을 찾아 헤매며
어깨 위에 핀 무지개
기억 저편 물안개처럼
아득했던 지난날이 그립다

내 안에 꺼지지 않은 불씨
타다 남은 열정이 꿈틀거린다
갯바람이 불던 어느 날
기쁨이 찾아 왔지만
아직도 꿈 하나
빈 허공만 잡아 본다
마음으로 훔치던 나날들
이제는 내려놓는 연습 한다.

논리적이고 창의적인 화법

문학평론가 박가을

향상된 낱말의 조합으로 글을 창작하는 그 마지막 작업을 퇴고라 한다.

우리가 살아가는 인생길도 마지막까지 다다르게 되면 아름답게 끝을 마무리하고자 한다. 이처럼 처음과 끝은 모든 측면서 같은 맥락으로 통용된다.

평탄한 삶일지라도 크고 작은 일을 겪으면서 얻어지는 산지식은 경험적 감각에서 그 답을 찾을 수가 있다. 창작의 기본 또한 보고. 듣고, 느끼는 과정에서 진실하게 문자로 남기는 일이며 이는, 시적인 묘사를 통해 감성으로 표현하는 일이다. 김혜숙 시인의 작품들은 각기 다른 시어를 세밀하게 그리고 감성적으로 표현했다. 이는 풍부한 삶의 경험을 통해 지금까지 쌓아 놓았던 기억을 하나하나 고백하는 고해성사처럼 전달되며 이 또한 남다른 독창성이 돋보인다.

/ 빈 들녘 동그라미 그리며/떨어지는 빗방울이 / 도레미솔 장단 맞추니 / 빗물이 모여 은빛 물결이 되었네 // 모래틱 앉은 새 외발로 / 꿈속 헤매며 깃털로 소식을 묻고 / 찬 서리에 못다 핀/희고도 붉은 고추 / 희나리 장승처럼 들녘에 서 있네 // 겨울비는 내리는데 / 음악과 詩가 / 울려 퍼지는 들녘은 아름다워라(희나리 장승처럼. 전문)

글에 사실적인 묘사를 통해 깊은 생각을 하게 만든다.

/ 빈 동그라미 그리며 / 떨어지는 빗방울 소리 / 우주 안에서 살아가는 모습을 다양한 목소리로 각색하고 있다. 그림은 그리듯 머릿속에서 감정이 무르익으면 논리적이고 창의적인 화법을 토해내고 있다.

/ 찬 서리 못다 핀/희고도 붉은 고추 / 글의 문장을 정교하게 다듬어 놓은 느낌을 갖게 한다. 찬 서리, 못다 핀 붉은 고추, 시심은 어떤 사상과 눈으로 보는가에 따라 시적인 감흥이 다르다.

(중략) 첫눈이 옵니다 / 앙상한 나뭇가지에 쌓인 눈송이 / 잊혀졌던 눈꽃 사랑 / 흰 눈처럼 하얀 그리움 / 눈꽃 속에 묻어 지우렵니다 // 첫눈이 온다고요(첫눈이 온다고요. 부분)

창의적인 표현은 우연히 오지 않는다.

사물이나 현상을 직시할 때 찰나의 순간 바람처럼 스치고 지나간다. 김혜숙 시인은 사물의 현상을 수채화를 그리듯 투명하게 그리고 있다. 어떠한 색감을 써야 할지 어떠한 구도로 화폭에 담을 지로 벌써 마음에 그리고 있음이다.

/ 잊혀졌던 눈꽃 사랑 / 흰 눈처럼 하얀 사랑 / 눈꽃 속에 묻어 지우렵니다 /

눈이 내리는 날은 마음이 평온해진다. 모든 곳을 다 잊은 채 상념에 잠기고 싶은 그런 날이다. 그러나, 시인은 그러한 감성을 놓아두지 않고 파르르 떨리는 시심을 곧 끄집어냈다. 이는 창작하는 나만의 직감이며 이를 문자화 시키는 일이 중요한 창작이기 때문이다.

/ 너 내 심장에 불 지피면 / 연녹색 붉은 꽃은 / 너울너울 춤추며 / 아궁이 속으로 들어간다 // 너와 하나가 될 때 / 헤어지고 또다시 헤어지면 무엇이 될까 / 우물 속에 맑은 글 / 하나둘 화음을 이루어 / 난 너를 두레박질하련다 // 네가 잠들 때 / 무지갯빛으로 휘감아 / 빨주노초로

그림을 그리며 / 내 안에 너를 품어 사랑하련다 / 詩야 너는 내 품에서 / 포근하게 잠들면 좋겠다(詩, 내 안에 머물 때. 전문)

시 창작은 머리로만 쓸 수 없다.

가슴으로 그려놓고 감흥에 따라 붓이 가는 대로 쓰는 것이다. 보는 대로 느낌을 다 표현하는 것이 아니라 생략하고 간결하게 창조하는 일이다. 김혜숙 시인은 시인이 되기 위해 그만큼 욕구도 있을뿐더러 남다른 시심이 가슴에 불을 지폈다, 이는 자신에게 주어진 사명감, 사진작가로 활동하면서 자연을 보며 느낌을 여러 가지 현상을 눈으로 가슴으로 닦아 놓았을 것이다.

/ 우물 속에 맑은 글 / 하나둘 화음을 이어 / 난 너를 두레박질하련다 /

재치있는 표현이며 번뜩이는 문장력이 돋보인다. 창작은 사실적인 부분을 재현하는 것이며 표현 또한 명료해야 한다.

글을 쓰기 위해서는 집중력이 필요하다. 이는 사물이나 현상을 세밀하게 관찰하는 예리함도 있어야 한다. 시 쓰기도 일상생활처럼 습관이 되어야 한다.

(중략) / 동화 속의 궁전처럼 보이는 / 미로가 있는 작은 공원 / 느티나무 노란 단풍나무 / 붉은 단풍 잎새가 어울려 / 내일을 꿈꾸는 작은 공간(중략) // 미래를 꿈을 꾸는 아이들 / 아낙들 안방 같은 보금자리 / 미소녀를 만들어 준 희경 미용실(동화 속의 궁전. 부분)

하나의 사물이나 현상을 그대로 지나치지 않고 자신만의 독특한 시적인 언어를 만들어가기란 쉽지 않다. 그러나 세밀한 관찰을 통해 시적인 영감을 얻게 되고 하나의 작품을 완성하게 된다.

지인이 운영하는 미장원 풍경을 마치 동화 속에 등장시키고 있다. 이는 보고 느낌을 회화시킨 시적인 감성이 물씬 풍긴다. 시인은 필사적인 낱말을 나열하면서 틀 안에 예술적인 가치를 각인시키고자 노력하고 있다.

/ 동화 속의 궁전처럼 보이는 / 미로 같은 작은 공원 /

미용실을 동화 속의 주인공으로 등장시켜 즐겁게 격조 높은 시적인 묘사를 표현하고 있다. 김혜숙 시인만이 느끼는 보편적인 공감을 얻을 수 있는 표현기법이다.

/ 새들이 목욕하는 / 옹달샘은 새들의 놀이터 / 동박새, 울새, 굴뚝새 / 날렵한 상모솔새 / 꽃단장을 마치고 / 내 곁에 날아와 춤을 추네 // 솔잣새는 멋쟁이 / 홍양진이 보고 싶은 새 / 앵글 속에 너는 / 황홀함에 지친 내 마음 녹여주노라 // 새들을 만나면 / 밝은 미소로 먹이 주고 / 새를 기다리는 마음 / 그 기다림은 설레고 / 나는 새를 쫓는 사진작가(사진작가 전문)

김혜숙 시인은 전문 사진작가이다.
새를 찾아 방방곡곡을 누비며 앵글 속에 새의 현란한 모습을 담는 사진작가이다. 그녀의 앵글 속에는 새 모습만 보는 것이 아니라 인간의 모습 자연의 이치와 우주 만물을 담고 있다. 그녀의 현란한 손놀림을 통해 우리가 볼 수 없는 많은 철새를 만날 수 있으니 말이다.

/ 동박새, 울새, 굴뚝새 // 앵글 속에 너는 / 황홀함에 지친 내 마음 녹여주노라 /

새들과 함께 하는 시간의 틈에서 시어를 발견하게 되고 이를 시적인 언어로 탈바꿈하는 솜씨가 돋보인다. 이러한 감성이 떠오를 때마다 희열을 느낄 것이고 희로애락을 겪으며 아파했던 그런 시간이 다 배설하는 통로가 되었을 듯싶다.
새들의 울음소리조차 앵글에 담고 가슴에 담았다면 이는 완벽한 조화를 만든 문맥이 되었으리라.
/ 지나온 길 돌아보니 / 온실 꽃 아니라 들꽃이었네 // 품앗이하시던

엄마 / 별을 보며 걸었던 여섯 해 / 바위틈에 핀 들꽃처럼 // 짝지어 보내고도 / 근심 걱정 벗어버리려 / 들과 새들의 벗으로 산다네 // 이 나이에 어딘 줄 못가랴 / 올해는 꿈 하나 이루었지/글쟁이가 되었네 // 시간을 더 길게 쓸까 / 가끔 해매이지만 / 난 지금이 더 좋아(난 지금이 좋아 전문)

　시인의 고백을 듣고 있다. 내면에 얼어붙어 차갑고 어두운 심경을 말 그 자체로 폭포수 같은 분출을 하고 있다. 왜냐하면, 이를 바라보는 시선은 자신의 삶에서 악착같이 앞만 바라보고 걸어왔던 지난 기억이 숨어 있기 때문이다.

　/ 지나온 길 돌아보니 / 온실 꽃이 아니라 들꽃이었네 /

　열린 눈으로 바라본 세상은 넓음을 발견한 것이다.

　온실 안에 살아온 삶에서 자신만이 터득한 인간의 고뇌 이는 주부로 한 가정의 어머니로 감당해야 했던 숙명적인 삶에서 헌신이 자리 잡고 있었기 때문이리라. 이러한 삶의 모태를 형상화할 수 있는 작품세계가 자연스러운 창작의 산물임을 보여주고 있기 때문이다.

　/ 올해는 꿈 하나 이루었지 / 글쟁이가 되었네 // 시간을 더 길게 쓸까 / 가끔 해매이지만 / 난 지금이 더 좋아 /

　펜을 들고 막상 무엇을 쓸까 고민한다면 창작은 이미 끝이다. 창작은 시의 씨앗 즉 시적인 영감이 있어야 한다. 창의력이란 사물이나 현상을 보고 느낀 대로 사실적인 표현이 적정한 표현 방법이기 때문이다.

　/ 그리워 무작정 길을 나섰다 / 네가 보고 싶을 때 / 목놓아 울 때도 참 많았지/하얀 눈이 녹아 눈물 되어 / 대지에 꽃피울 때 넌 이역만리에 있었어 // 청옥 빛 젖은 마음 포근히 감싸주며 / 오늘도 / 자욱한 안개처럼 다가오는데 // 암 선고받던 날 / 눈가에 맺은 이슬 눈물이 강물 되었고 /

너를 보낸 지 십 년이 넘어 / 스무 해가 되어가도 눈감으면 잊을까 // 어미 혼자 우는 이 밤 / 새들도 어미 마음 같을런가(눈빛이 시린 겨울날 전문)

우리가 살아가는 인생길 곱게만 세월을 낚는다면 얼마나 좋을까. 그러나 살아가는 동안 가슴 아픈 일은 곧 내 인생길에 눈물이 되어 흐르고 곧 그 씨가 詩를 만들어 낸다.

/ 오늘도 자욱한 안개처럼 다가오는데 / 암 선고받던 날 /

내 마음 바람이 되고 싶고 보이지 않는 뒷모습만 바라보며 주체하지 못할 눈물이 흘러내리는 한숨. 그러나 목숨을 거두는 아픔도 잠시 내려놓기로 하자. 그 먼 날 다시 만날 수 있음이다.

/ 어미 혼자 우는 이 밤 / 새들도 어미 마음 같을까 /

슬픈 추억을 가슴에 지울 수는 없지만, 그 누구에게도 흔적은 보일 수 없는 시인의 담담한 시적인 감정은 목을 매이게 만든다. 허허로운 인생의 풀밭에는 바람도 잠시 쉬어 가는 고통 이를 감내하는 시인의 마음에 새로운 창조는 홀로서기 시인이 되었다. 예술은 인생의 꽃이기 때문이다.

(중략) 순백색인 백합처럼 아름답다 / 수풀 사이 입질하며 먹이 찾고 / 연실 안부 묻는지 / 콧노래는 멈추지 않는구나 // 긴 모가지 품속에 품어 / 은빛 물결 위에 하얀 풍선 만드네 / 삼삼오오 무리 지어 / 물 차고 오르면 / 날개짓은 흰 구름 되어 가네 // 아름다운 비행 / 행복한 날개짓이어라 / 내 마음에 날개 달아 / 창공을 나는 꿈이라도 좋겠네(고니의 춤사위 전문)

김혜숙 시인다운 표현이다.

/ 긴 모가지 품속에 품어 / 은빛 물결 위에 하얀 풍선 만드네 /

사물을 직시하며 보고 느낌 시심을 가감 없이 문자화했다.

자연에 대한 소재는 예리한 시각으로 관찰을 통해 얻어지는 감흥 이는 글의 소재에서 글의 내용을 변화시키는 의미를 만들어 간다. 사진작가로 활동하면서 사물을 바라보는 피사체 곧 신비한 힘은 자유로운 이해를 돕는다.

/ 날개짓은 흰 구름 되어 가네 // 아름다운 비행 / 행복한 날개짓이어라 /

작가는 고도의 세련된 낱말을 나열하며 위대한 작품을 만들기 위해 예술적인 감각이 필요하다. "날갯짓은 흰 구름 되어" 보이는 실체를 여과 없이 쓰고 싶은 욕심이 바로 시인의 마음이다. 이러한 욕심이 없다면 좋은 작품을 만들어 낼 수가 없다.

/ 내 마음에 날개 달아 / 창공을 나는 꿈이라도 좋겠네 /

내면에 있는 욕구를 꺼낼 수 있다면 이는 필시 고유한 목소리이다.
눈에 보이는 모든 것은 사유화할 수 있다는 질감은 곧 창작의 생명이라 할 수 있다. 그러기에 자신 시심을 표현은 완벽한 자기만의 문체이다.
창의력의 발휘는 무엇이든지 본인이 가지고 있는 감정의 발산을 통해 자연스럽게 물이 흘러가듯 자연스럽게 만들어진 글이 좋은 작품이다. 뜻을 강조하기 위한 몸부림은 글의 내용이 깔끔하고 부드럽고 간결하다.
김혜숙 시인의 시집에서 느끼는 감성은 남다른 어휘력이 돋보인다.
또한, 자연과 인간관계의 설정에서 글의 주제에 따른 다양한 소재는 작가만이 생각하는 결정체를 만들어 놓았다.
김혜숙 시인의 첫 시집 『詩, 내 안에 머물 때』는 담백한 표현으로 글의 흐름이 짧고 때론 긴 호흡을 하는 듯 다채롭게 느껴진다.

詩, 내안에 머물 때

뜨락에 시선 015

초판 1세 인쇄 2024년 6월 25일
초판 1세 발행 2024년 6월 30일

지 은 이   김혜숙
펴 낸 이   박가을
디 자 인   이재은
펴 낸 곳   도서출판 뜨락에

편 집 출 판   도서출판 뜨락에
등 록 번 호   제2015-000075호
등 록 일 자   2015년 9월 3일
주   소   경기도 안산시 상록구 학사1길4-1
전 화 번 호   031-486-0004
전 자 우 편   kwang6112@naver.com

....

ISBN 979-11-88839-25-4

정가 12,000원